AF215017

Marion Jana Goeritz

Anders

Bibliografische Information der Deutschen Nationalbibliothek:

Die Deutsche Nationalbibliothek verzeichnet diese Publikation in der Deutschen Nationalbibliografie; detaillierte bibliografische Daten sind im Internet über http://dnb.dnb.de abrufbar.

Herstellung und Verlag: BoD – Books on Demand, Norderstedt

ISBN: 978-3-7448-3582-4

Anders

6

Die Wende in Sandras Leben

Der kleine Hafen war eine Augen-
weide. Kleine Boote lagen dort und
vom Kai aus hatte sie einen wunderschönen Blick über das Hafenge-
lände, das romantisch anklang, im
wahrsten Sinne des Wortes. Denn
auf der Promenade saßen aller paar
Meter junge Musiker, die auch
traumhaft aufspielten. Doch zog ein
Boot hinaus auf das freie Meer,
konnte sie melancholisch werden.
Es stieg in ihr ein Gefühl des Ab-
schieds auf. Doch noch konnte sie
dieses Gefühl nicht wirklich für
sich einordnen.

Langsam lief Sandra die Hafenpromenade auf und ab und konnte
sich an diesem Bild, das der Hafen
ihr bot, nicht satt sehen. Es war ein
schöner Tag. Die Sonne lachte und
die Wellen im Wasser glitzerten
hell. Sandra trug eine Sonnenbril-
le, die sie mit viel Geld in einer der
kleinen Boutiquen erstanden hatte.
Sie war eine der Frauen, die nicht
auf das Geld schaute, denn noch
hatte sie genug davon. Ihre Art ein-
zukaufen, war nicht ungefährlich.
Ach, noch diese eine Brille, nur diese
eine Bluse, nur diese eine Jacke
noch, und, und, und. Sie dachte
manchmal schon, dass wenn sie es
weiter so handhaben würde, bald
kein Cent mehr übrig sein würde.
Und was wäre dann? Seit sie die
Erbschaft ihrer Tante angenommen
hatte, vor drei Jahren, hat sie ihre

8

Arbeit, auch Arbeit sein lassen. War das klug von ihr? Sie meinte schon, wenn sie so viel Geld hätte, warum dann auch nicht ausgeben, mit vollen Händen. Die Bedenken alter Freunde, wies sie von sich und zog ihr Ding durch. Manchmal dachte Sandra noch an ihre Freunde. An Corinna, Paul, Felix und Sabine. Es waren nette Leute. Sie konnte sich immer auf mindestens einen von ihnen verlassen, wenn es mal schwer war. Und konnten sie sich nun auf sie verlassen? Eher nicht. Sie packte ihr Leben in einen der Koffer und zog in die Welt. Ohne große Worte. An einem Tag wie diesen, wo sie mit ihrer Zeit nichts anzufangen wusste, da vermisste sie die Freunde.

Sandra kehrte in eine der kleinen Fischrestaurants ein und wollte dort zu Mittag essen. Sie blieb unter dem Sonnenschirm an einem der Tische im Freien und ein Kellner nahm ihre Bestellung auf.

Sie hatte einen wunderschönen Blick auf den Hafen. Es war wunderbar, nur die vielen Möwen machten einen unglaublichen Lärm. Vor den kleinen Tischen des Restaurants liefen einige Kinder und spielten Ball. Es saßen noch nicht so viele Leute im Freien, aber sicherlich würde das nicht mehr allzu lange dauern.

Und wirklich, die Tische füllten sich immer mehr, doch die Kinder sie spielten weiter.

Als Sandra ihre Bestellung bekam, sprach der Kellner, einen Jungen an. „Pedro, nicht vor und um die Tische. Es sind unsere Gäste und wir möchten, dass sie gern wiederkommen. Hörst du?!" Der kleine Junge sah den Mann aus seinen großen, dunklen Augen an und rief ihm zu „Ja!" und spielte augenblicklich weiter.

Sandra genoss ihr Essen. Obwohl es ihr nun an nichts fehlte, denn sie konnte sich jeden Wunsch selbst erfüllen, war doch ihre Seele traurig. Irgendetwas in ihrem Leben fehlte und es war kein Mann.

Doch so sehr sie sich auch damit beschäftigte, sie kam bisher noch nicht dahinter.

Auf ihre Gefühle zu achten, das hatte Sandra in ihrem Leben noch nicht richtig gelernt. Aber, so schien es, es war wohl nun an der Zeit. Noch ahnte sie nicht einmal, was das Leben mit ihr vorhatte.

Nach dem Essen, verweilte Sandra noch ein wenig am Tisch, bis sie später zu ihrem Hotel zurück ging.

Es war ihr zu warm geworden, auch am Wasser und so ruhte sie im Zimmer aus. Sie legte sich auf ihr Bett und schlief tatsächlich mitten am Tag ein.

Munter wurde sie durch das Klingeln des Telefons. Sabine rief an und wollte sich erkundigen, wie es Sandra so geht mit ihren Millionen. Natürlich war das übertrieben, es waren keine Millionen die Sandra von ihrer Tante Agnes vererbt bekommen hatte, aber es war sehr viel Geld. Das auszugeben, würde man meinen, würde ein paar Leben brauchen, und doch schrumpfte das dicke Polster bereits. Sandra war nicht unfreundlich, dass sie aus dem Mittagsschlaf gerissen wurde, aber froh über den Anruf von Sabine war sie auch nicht. „Falsche Zeit dachte sie sich. Hätte noch so schön schlafen können und später, wenn mir wieder langweilig wird, ruft niemand mehr an." Oft langweilte sich Sandra und dann tröstete sie sich mit Reisen, Einkäufen, Konzertbesuchen, aber irgendwie wurde das alles mit der Zeit für sie zur Normalität und so war das Aufregende, das Neue nicht mehr da.

„Danke für die schöne Karte." sprach Sabine. „Mensch du kommst ja herum! Wohin geht es denn als nächstes?" wollte sie gern wissen. „Puh, weiß ich noch nicht." erwiderte Sandra gelangweilt zurück. Beide Freundinnen hatten sich nicht mehr viel zu sagen. Sandra wollte sich nicht in den manchmal, alltäglichen Wahnsinn hinein versetzen, den der Beruf so mit sich bringen konnte und Sabine gönnte ihrer Freundin ihr gutes Leben von Herzen, doch sie konnte da nicht viel mit reden, denn sie hatte nicht einmal so viel Geld, um einmal im Jahr, wenigstens Urlaub machen zu können. So war die Kluft immer größer zwischen den Freundinnen geworden und der Gesprächsstoff dementsprechend magerer. Die anderen Freunde von Sandra waren schon eigene Wege gegangen, ohne sie. Immer mussten sie sich bei ihr melden. Nie hatte Sandra mal den Hörer in die Hand genommen, um ihnen zu zeigen, dass sie auch noch an sie dachte. So war Sabine noch die letzte aus der Runde, die sich ab und an bei Sandra meldete. Sie wusste das sie Sandra nicht viel erzählen konnte, außer von ihrer Arbeit, die nicht sehr gut bezahlt war, aber ihr tat es gut, wenn Sandra von ihren Ausflügen erzählte. Sabine malte sich das dann immer bunt aus und das war dann auch ein wenig Urlaub für sie und ihre Seele.

Das Gespräch dauerte ein paar Minuten, dann verabschiedete sich Sabine und wünschte Sandra noch eine wunderschöne Zeit.

Sandra saß nun wieder allein in ihrem Hotelzimmer und wusste nicht so recht, mit ihrer Zeit etwas anzufangen.

Eigentlich hatte sie sich alles so schön ausgemalt, als sie von der Erbschaft erfuhr. Und erst recht, als sie diese annahm. Wohin wollte sie nicht überall reisen, sich ein schönes Leben machen. Doch dass sie so allein sein würde und das dies trotz dem vielen Geld was sie nun besaß, ihr das auch noch so viel ausmachen würde, hätte sie nie für möglich gehalten. Den Spruch „Geld ist nicht alles." verstand sie nun zu gut.

Seit fast einem Jahr, flog sie von einem Ziel zum anderen, doch es machte ihr keine Freude mehr. Wieder wo anders hin, wo der Strand

16

genau so weiß ist, wie in einer anderen Bucht, in der sie bereits war. Wieder eine Stadt, mit lauten Menschen, wie aus der sie gerade kam. Hatte sie es gerade in grün erlebt, sah sie wo anders, fast dasselbe, nur in blau. Das reizte sie nicht, nicht mehr. Doch in ihren alten Beruf zurück, wollte sie auch nicht. So würde ihr wohl nichts weiter übrig bleiben, als einmal ganz tief in sich hineinzuhören, und dem zu lauschen, was sie glücklich werden lassen könnte.

Sie sprang auf und zog sich um. Noch einmal ging sie durch dieses schöne Hafenstädtchen und begegnete wieder dem kleinen Jungen, der vor dem Restaurant mit seinen Freunden Ball gespielt hatte. Dieses

Mal, war er ohne seine Freunde unterwegs. Er ging durch die Straße vor Sandra her und schaute durch die Schaufenster, auf einmal war er wie vom Erdboden verschwunden. Doch plötzlich kam er aus einem der kleinen Geschäfte wie der Blitz gerannt und eine Verkäuferin lief ihm ein Stück nach. „Bleib stehen! Junge bleib stehen! Pedro!" Doch Pedro rannte wie der Wind davon. Sandra blieb stehen „Hat er gestohlen?" fragte sie die Verkäuferin und ging mit ihr gemeinsam zum Laden. „Ja. Er hat ein T-Shirt mitgehen lassen und eine Badehose." sagte die Verkäuferin. „Ich hätte ja längst schon die Polizei verständigt, aber er tut mir eben auch leid. Ich weiß, dass ich ihm so auch nicht helfe, aber tun sie einmal etwas gegen mein Herz." dabei lächelte die

Frau. „Wieso sagen sie, er würde ihnen leid tun? Was ist mit diesem Jungen?" fragte Sandra nach. „Pedro ist ein guter Junge. Er ist sehr liebebedürftig. Sein Vater ist vor vielen Jahren verunglückt und seine Mutter ist schwer krank. Ich hörte sie müsste operiert werden, doch sie kann die Operation nicht bezahlen und wer weiß, wie lange sie noch bleiben darf." Sandra schaute geschockt in das Gesicht der Frau. „Ach du lieber Gott. Ist die Frau denn nicht krankenversichert?" fragte Sandra nach. „Hier ist es nicht wie in Deutschland, müssen sie wissen. Wer hier nicht zahlen kann, egal wie krank er auch ist, bleibt auf der Strecke. Sie hat immer gearbeitet, aber das Geld langte nicht. Schon als ihr Mann noch lebte, war es immer sehr knapp, aber als er nicht mehr war, ging gar nichts mehr. Sie hat sich zu Tode geschuftet und nun wartet sie wohl nur noch, bis es vorbei ist und der Junge muss zu sehen. Das ist fürchterlich."

„Was geschieht mit Pedro? Ich meine, wenn das Schlimmste eintreten sollte und seine Mutter stirbt?" fragte Sandra nach.

Die Frau zuckte mit ihren Schultern und antwortete „Das weiß ich nicht. Er wird auf der Straße landen, oder wenn er Glück haben sollte im Unglück, dann in einem der Heime, die in den letzten Jahren aufgebaut wurden. Wer weiß? Ich mag gar nicht daran denken."

Sandra war entsetzt. Etwas in ihr wollte raus. Noch wusste sie nicht, was es sein würde, aber es konnte nicht mehr allzu lange dauern. Sie verabschiedete sich von der Frau und ging weiter. Lange noch ging ihr die Geschichte des kleinen Pedro durch den Kopf.

In einen der kleinen Cafés nahm Sandra Platz und lies den Nachmittag ruhig angehen. Es war ein geschäftiges Treiben in der kleinen Stadt und sie sah den Menschen dabei zu.

Später ging sie zurück zur Hafenpromenade und da sah sie wieder Pedro mit seinen Freunden. Sie spielten wieder Ball.

Als sie näher kam, hörten die Jungen auf zu spielen und wie von allein fragte Sandra sie "Mögt ihr ein Eis?"

Die Jungen sahen sich verdutzt an, dass hatte sie noch niemand gefragt. Doch sie nickten und sagten ja. „Na dann kommt mit mir, zum Eiswagen." Das taten die Jungen, sie gingen mit Sandra zum Eiswagen und sie zahlte eine Runde Eis für alle. Das war ein Fest für die Jungen. Und Sandra fühlte auf einmal etwas in sich, dass sie zuvor noch nie in ihrem Leben wahrgenommen hatte. Was war das bloß? Doch es fühlte sich gut an.

Die Jungen hatten sich alle bei Sandra bedankt und sie ging weiter am Hafen spazieren.

Zum Abend hin, waren die Freunde von Pedro gegangen. Pedro jedoch, saß allein auf dem Kai. Als Sandra ihn erblickte, setzte sie sich zu ihm. „Ich darf doch oder?" fragte Sandra ihn und er nickte. „Schön lebst du hier. Ein schönes Städtchen, vor allem hier am Hafen. Es gefällt mir hier." Pedro schwieg und sah hinaus zu den Booten, diese langsam in den Hafen zurück kehrten. „Spielst du oft mit deinen Freunden hier?" fragte Sandra und wieder nur nickte Pedro. „Magst du gerade nicht mit mir reden?" fragte sie ihn.

Nun zuckte er mit seinen Schultern kurz. Sandra lächelte ihn an „Ah, du weißt es also noch nicht. Soll ich lieber wieder gehen?" fragte sie ihn. Da sah Pedro, Sandra das erste Mal an und schüttelte seinen Kopf. Und um Sandras Herz war es geschehen. Diese Traurigkeit in den Augen, des kleinen Jungen, nahm ihr fast die Luft zum Atmen.

„Meine Mutti ist krank. Sie liegt
zu Hause und hat Schmerzen.
Manchmal weint sie auch, weil es
ihr so weh tut. Da habe ich Angst
und gehe immer weg. Aber eigentlich möchte ich bei ihr sein und ihr
helfen, aber ich kann nicht." Über
Sandras Gesicht liefen Tränen.

Sie legte ihren Arm um den kleinen
Jungen und drückte ihn ganz fest
an sich. Und in diesem Augenblick,
hatte sie sich entschieden.

Sie wollte Pedro helfen und sie
wusste nun wie.

„Pedro ich weiß, wir kennen uns gar
nicht. Doch glaubst du, du könntest
mir vertrauen?" Pedro sah sie aus
seinen großen, dunklen Augen an
und stockte kurz, aber nickte
schlussendlich zu ihrer Frage.

24

„Gut Pedro, dann komm bitte morgen am späten Vormittag wieder hier her und bringe mich dann zu deiner Mutter. Hast du mich verstanden? Verstehst du mich?" fragte Sandra ihn. „Ja, ich verstehe sie aber warum?"

„Ich möchte dir nicht zu viel versprechen Pedro, aber vielleicht kann ich helfen." Dabei drückte sie den Jungen wieder fester an sich. Pedro seine Augen bekamen einen Glanz und er schmiegte sich an Sandra an, so geborgen fühlte er sich bei dieser fremden Frau.

Beide gingen nun nach Hause. Pedro zu seiner Mutter und Sandra in ihr Hotel.

Am nächsten Morgen, sprach Sandra schon mit ihrer Bank, über eine große Summe Geld, über diese sie schnellstens verfügen möchte.

Danach ging sie zum Hafen. Pedro war bereits da und wartete auf sie. Zusammen gingen sie zu Pedros Mutter.

Es war eine sehr ärmliche Unterkunft und Pedro führte sie durch das kleine Haus. Seine Mutter lag im Bett und konnte nicht viel sprechen vor Schmerzen. Sandra berührte die Frau sanft an ihrem Arm und sprach mit ihr „Haben sie keine Angst. Ich möchte einfach nur versuchen ihnen zu helfen. Sie werden mir nichts schuldig sein. Das Verspreche ich ihnen." Die Frau quälte sich zu einem Nicken und Sandra sprach:" Pedro. Gibt es einen Arzt der hier her kommen könnte zu deiner Mutter?" Pedro bejahte und Sandra sagte dann „Lauf schnell und hole ihn her. Oder nein warte kurz." Sie nahm aus ihrer Tasche ein kleines zerknittertes Zettelchen und einen Stift. Darauf schrieb sie ihren Namen und das sie die Kosten übernehmen würde.

Pedro lief schnell los und holte den Arzt. Es dauerte eine Stunde, bis der Arzt im Haus der Frau war. Sie war nicht mehr fähig aufzustehen und so untersuchte der Arzt die Frau im ihrem Bett. Ihm war bekannt, wie es um ihre Gesundheit stand und so hatte er alles getan, was er tun konnte, um ihr zu helfen.

Er nahm mehrere Blutproben und sie erhielt Infusionen. Sandra erklärte sich bereit, bei der Mutter von Pedro zu bleiben. Bis alle Untersuchungsergebnisse bekannt sein würden, würden zwei Tage ins Land gehen. Sandra machte Druck und fragte, ob es nicht auch schneller gehen würde. Viel konnte sie nicht herausholen an Zeit, aber immerhin einige Stunden.

In dieser Zeit säuberte Sandra das Haus und bemühte sich um die kranke Frau. Sie saß an ihrem Bett hielt ihre Hand, brachte ihr Tee und Wasser und sprach ihr gut zu.

Pedro fühlte sich auch etwas erleichtert, dass er nun nicht mehr mit dieser großen Belastung allein gelassen wurde.

Als die Untersuchungen alle abgeschlossen waren, wusste man, Pedros Mutter würde wieder gesunden können, es würde eine sehr lange Zeit dauern, aber sie könnte überleben.

Sandra zahlte die Operationskosten die nötig waren und alle anderen anfallenden Kosten für ihre Genesung und suchte sich eine kleine Beschäftigung in einer, der vielen Boutiquen der Stadt. So verdiente sie sich nebenbei zu ihrem Vermögen noch Geld. Ihre Ersparnisse waren auf mehr als die Hälfte geschrumpft, aber sie hatte ihre Lebensfreude wieder. Ihre Seele lebte.

Sandra ging nie wieder in ihre Heimat zurück. Sie lebte zeitlebens in diesem kleinen Hafenstädtchen und auch Pedro und seine Mutter waren beste Freunde von ihr geworden.

Später entschied sich Sandra eine Stiftung zu gründen. Diese sollte den Menschen behilflich sein, die sich ihre Gesundheit nicht kaufen konnten und sie war mit Leib und Seele, bei ihrer wundervollen Arbeit.

Pedro wurde ein glückliches Kind und seine Mutter konnte nach der vollständigen Genesung wieder selbst Geld verdienen, und als Dank für Sandras Hilfe, arbeitete sie unentgeltlich gern in Sandras Stiftung mit, obwohl Sandra das nie verlangt hatte, nicht einmal gedacht hatte sie es.

Ein grüner Bilderrahmen

Weißt du und dann gibt es diesen grünen Bilderrahmen, einfach und doch so schön.

Ich kaufte ihn, in einem kleinen Lädchen. Dort fühlte ich mich das erste Mal in mir zu Haus. Überall standen wunderschöne Gegenstände. Auch sehr viele alte, doch sicherlich, hatten alle eine Geschichte zu erzählen. Alles war so wundervoll dekoriert und so musste ich einfach etwas kaufen. Aber was? Vieles hätte ich mitnehmen wollen.

Aus einem hinteren Zimmer trat eine schöne, junge Frau in das Lädchen hinein "Darf ich ihnen behilflich sein?" hörte ich sie mich fragen.

"Gern, ich suche etwas für mich.
Etwas Wertvolles für meine Seele."

Ich sah ihren Blick durch ihr Lädchen wandern und folgte ihm auf-
merksam. Sie sah mich freundlich
an und sprach "Kommen sie bitte,
ich glaube ich hätte etwas für sie."

Sie beugte sich über einen alten
Sekretär und nahm diesen grünen
Bilderrahmen, von der cremefarbe-
nen Wand. Zaghaft nahm ich ihr
diesen Bilderrahmen ab, und ich
fragte mich "Was soll ich hinter
seinem Glas durchsehen lassen.
Was ist mir so wichtig, das ich es
aufbewahren möchte? Erinnerungen? Natürlich. Erinnerungen an
dich, an unsere Liebe.

Aber, wenn ich sie mir nun, immer
und immer wieder ansehen werde,

doch du gar nicht bei mir sein wirst, würde mich das nicht traurig machen?"

Diese liebenswerte Frau fühlte wohl meine Gedankengänge und sie sprach zu mir, mit einer leisen und fragenden Stimme "Wie wäre es denn, wenn sie eine noch nicht erlebbare Erinnerung, in diesem schönen Stück aufbewahren würden?"

In diesem Moment änderte sich alles!

Ich strahlte aus meiner Seele, meine Augen leuchteten, und ich begann zu lächeln. "Was für eine wunderbare Idee!" gab ich ihr zu verstehen und kaufte diesen Bilderrahmen.

Als ich dieses Lädchen verlassen hatte, ging ich noch in ein Café und freute mich, auf dass, was noch kommen würde. Diese junge Frau, hatte ich noch in meinen Gedanken, denn sie hatte mir sehr geholfen.

Und wie ich so in Gedanken war, trat ein Mann zu mir an den Tisch, fragte ob er sich dazu gesellen darf und ich willigte gern ein.

Wir kamen ins Gespräch und ich erzählte ihm von dem kleinen Lädchen, und da er mir so vertraut war und wir uns sympathisch, verbrachten wir noch einige Zeit zusammen und bummelten durch die Stadt.

Ich fühlte mich sehr wohl in seiner Gesellschaft.

Wie immer hatte ich meine Kamera dabei und so dauerte es gar nicht lang, bis sich jemand fand und ein gemeinsames Foto von uns machte. Ein sehr schönes Foto entstand und dieses hat bei mir zu Hause einen schönen Platz gefunden. Natürlich in dem schönen, grünen Bilderrahmen.

Wenn ich heute an diesem grünen Bilderrahmen stehe und mir diese schöne Erinnerung anschaue, tu ich dies nicht allein. Und dieses Gefühl, das ist ganz wunderbar.

Gustav **Birkenfeld**

Ilse, war eine quirlige, ältere Dame
und sie wohnte im Waldstraßen-
viertel der Stadt. Im Haus, in dem
Ilse ihre Wohnung hatte, lebten noch
viele andere Menschen. Unter ande-
rem auch Gustav. Das war ein älte-
rer, ruhiger Herr der auch allein lebte, so wie Ilse es tat. Doch im Gegensatz zu ihr, blieb er oft in seiner
Wohnung und kam fast nirgendwo
hin. Er sprach kaum ein Wort,
nicht einmal, wenn er am Hausein-
gang seine tägliche Post holte und
jemanden dort traf. „Guten Tag."
mehr bekam Gustav nicht über seine Lippen.

Ilse dagegen, war wie ein Filou.
Hans Dampf in allen Gassen, hätte

man auch sagen können. Mit ihrem
alten Käfer sauste sie noch durch
die Gegend. Mit einer Dame ihres
Alters, mit der sie schon längere
Zeit bekannt war, wollte Ilse gern
einen Ausflug machen. Hinaus aus
der Stadt und hinein ins Grüne.
Beide freuten sich schon darauf.
Denn, wo sie hinwollten, da ging es
um eine Veranstaltung mitten im
Wald.

„Bin ich eine Hexe?" so hieß das
Motto. Ilse lachte schon, als sie es
las und meinte zu Renata, ihrer
Bekannten „Und ob! Nicht wahr?"
beide lachten dann über Ilses Worte.
Doch es kam es anders als geplant.
Renata konnte an dem besagten
Tag doch nicht mit Ilse fahren. Es
war etwas Familiäres dazwischen
gekommen. „Ja, natürlich Familie
geht vor Renata. Schade ist es trotz-

dem. Der Weg dahin ist so weit, und nun muss ich allein diese Strecke fahren. Aber mir fällt schon etwas ein." sprach Ilse am Telefon, als Renata ihr mitteilte, dass es bei ihr nun nicht klappen würde.

Doch wer sollte Ilse nun begleiten? Sie kannte niemanden weiter in der Stadt. So wählte Ilse die Nummer eines Begleitservices an. Natürlich war ihr klar, das sie keine gesuchte Kundin war, aber sie dachte probieren geht über studieren und mehr als eine Absage könnte sie ja nicht erhalten. Und als man auf der anderen Seite Ilses Gespräch annahm sprach sie zu ihrer Teilnehmerin am anderen Ende der Leitung „Einen netten, jungen Mann würde ich gern als Begleitung haben. Es geht um eine Veranstaltung."

Wie er denn gekleidet sein müsse? Also, um welche Art von Veranstaltung es sich denn handeln würde? wurde Ilse gefragt. Diese zuckte ihre Schultern und erwiderte

„Ach, der soll mal anziehen was ihm gefällt. Es geht nur in den Wald. Eigentlich geht es ja nur um die Zeit im Auto, wissen sie?" sagte nun Ilse. Die Teilnehmerin auf der anderen Seite der Telefonleitung unterbrach Ilse mit der Frage „Ich verstehe nicht?" Und Ilse antwortete „Na wissen sie, ich muss lange Zeit im Auto fahren und da bräuchte ich einen Unterhalter. Verstehen sie nun junge Dame?" fragte Ilse nach.

„Ja, aber ich weiß nicht, ob wir dafür die richtige Anlaufstelle sind. Es tut mir leid."

Obwohl Ilse verstand und fühlte, die
junge Dame tat sie als senile alte
Frau ab, legte sie noch nicht auf,
sondern erwiderte weiter „Nun junge
Dame, das muss ihnen nicht leid
tun. Wenn sie es nicht wissen,
dann fragen sie jemanden der es
weiß. Ich warte."
Doch daraus wurde nichts. Denn die
junge Dame legte einfach auf und
die Telefonverbindung war beendet.

Doch es gab noch eine Möglichkeit.
Gustav! Das sie da nicht gleich darauf gekommen war. Ilse spazierte
die Treppen im Hausflur zwei Etagen höher und läutete Sturm an
Gustavs Tür. So, als würden sich
beide schon eine Ewigkeit kennen
und Ilse hätte ihm nun etwas Wich-
tiges mitzuteilen. Für sie ist er immer Gustav gewesen, so lange sie
schon gemeinsam im Haus wohn-

ten. Seinen Nachnamen „Birkenfeld" nannte sie nie. So hatte sich in Ilse ein vertrautes Gefühl mit den Jahren eingeschlichen, warum auch immer.

Es dauerte seine Zeit bis Gustav die Tür öffnete und als Ilse ihm gegenüber stand, sprach sie einfach darauf los. „Gustav, mein lieber, du musst mir aus der Patsche helfen. Renata, ach du kennst sie ja gar nicht, also meine Bekannte kann mich nicht begleiten. Aber ich will unbedingt da hin! Das war schon lange klar, doch die Fahrt bis dahin dauert unendlich lange. Es sind so an die zwei Stunden und so allein im Käfer, das ist nichts für mich, mein lieber. Aber du hast doch Zeit. Sitzt doch so wie so nur hier in den vier Wänden, also dachte ich mir, du könntest ja auch in meinem Kä-

fer sitzen. Ja und deine Post die
kannst du auch am Abend wenn
wir zurück sind, mit nach oben
nehmen. Morgen früh 9 Uhr bei mir
unten. Ja?" Ilse sprach ohne Wort
und Komma und hatte Gustav, der
sie schon etwas irritierend anschaute, nicht zu Wort kommen lassen.

„Frau Wagenstern! Seid wann du-
zen sie mich? Für sie sollte ich Herr
Birkenfeld sein. Wie kommen sie
dazu mich bei meinem Vornamen
zu nennen und dann auch noch,
lieber Gustav? Was kümmert es sie,
wo ich und wie lange ich sitze? Und
nein, ich fahre ganz sicher nicht
mit ihnen!" Gustav war etwas außer
sich. Wie konnte diese Dame ihn
nur so überrumpeln?

„Ach her je Herr Birkenfeld! Das war
doch gar nicht so gemeint, wie sie es

verstanden hatten! Ich meine nur,
sie sind mir immer schon sympathisch gewesen, da kommt mir eben
das du so leicht über meine Lippen.
Es tut mir leid und ich entschuldi-
ge mich hiermit. Natürlich sind sie
für mich Herr Birkenfeld!? Aber
mein Anliegen meinte ich sehr
ernst. Sie würde mir einen großen
Gefallen damit erweisen. Ich möchte
nämlich wissen ob ich eine Hexe
bin? Wissen sie?"

Herr Birkenfeld schaute seltsam
drein. „Was ist denn das für ein
Unfug? Sie sind natürlich keine
Hexe! Das würde ich doch sehen!"
sagte er mürrisch.

Ilse bewegte ihren Kopf leicht hin
und her, als wollte sie ihm sagen
„Das muss man ja auch nicht sehen
müssen, eher fühlen." und erwiderte

Herrn Birkenfeld „Nun Herr Birkenfeld es geht nicht um die Kleidung. Es geht eher um die Kenntnisse und Gefühle. Das was in einem wohnt. Ob man sich für Kräuter und Heilkunde zum Beispiel interessiert. Verstehen sie?"

„Hm, na ja, aber was soll ich da? Mit so einem Kräuterzeugs habe ich nichts am Hut!" „Ihre Aufgabe wäre mir nur während der Fahrt Gesellschaft zu leisten. Dort könnten sie ja dann tun und lassen, was ihnen beliebt." „Wo ist das denn?" fragte Herr Birkenfeld, Ilse. „In einem Wald bei Freyershain."

In diesem Moment, stockte Ilse etwas. „Er könnte ganz nach seinem Belieben etwas unternehmen, mitten im Wald. Was könnte er denn da machen?" ging es ihr durch den

Kopf. Doch Gustav Birkenfeld
schien dann doch nicht ganz abge-
neigt zu sein.

„Also, mitten im Wald findet das
statt?"

„Ja, Herr Birkenfeld. Lassen sie es
gut sein. Ich werde allein fahren.
Entschuldigen sie meine Störung.
Schönen Abend noch." Ilse war sich
fast sicher, nie würde er mit ihr fahren. Sie hätte wohl anders anfan-
gen sollen. Doch diplomatisch, das
war sie noch nie. Und auf ihre alten
Tage würde sie das wohl auch nicht
mehr werden.

So ging Ilse wieder die zwei Etagen
nach unten in ihre Wohnung. Später am Abend allerdings kam Herr
Birkenfeld zu ihr und bat ihr an,
sie doch zu begleiten.

„In einem Wald war ich schon lange
nicht mehr und unter Leuten auch
nicht. Vielleicht ist es gar nicht so
dumm, wenn ich mit ihnen fahre.
Aber nur, wenn ich am Steuer sitze." Ilse freute sich. „Sie fahren Auto?" fragte sie erstaunt. „Ja. Aber so
allein macht es mir keinen Spaß.
Da hatte ich es vor ein paar Jahren
verkauft. Muss ich in der Stadt irgendwo hin, fahren ja die Busse."
„Stimmt." antwortete Ilse be-
schwingt. „Das freut mich unge-
mein Herr Birkenfeld und gern,
wenn sie mögen, dann fahren sie
morgen und ich leiste ihnen Gesellschaft."

Herr Birkenfeld lächelte und sagte
„Gustav." „Wie jetzt?" fragte Ilse ir-
ritiert nach. „Nennen sie mich Gustav."

„Gut, danke Gustav. Ich bin Ilse. Dann bis morgen Vormittag ich freue mich." „Das tu ich auch Ilse und ich bin gespannt, ob du eine Hexe bist." Beide lachten über Gustavs Geständnis und trennten sich bis zum Morgen.

Aus Ilse und Gustav wurde ein Pärchen, das ihre Freundschaft ganz hochleben lies und sie verbrachten gemeinsam noch ganz viele schöne Jahre.

Ein neues Leben

Konstantin siebzehn Jahre, dunkel-
braune, lockige Haare und er war
verliebt. Das erste Mal in seinem
Leben. Doch es war eine verbotene
Liebe, denn Susanna war schon
zwanzig. Beide gingen sie auf die
gleiche Schule. Nur Susanna war
aus der Schule lange schon heraus.
Sie hatte bereits einen Beruf erlernt
und arbeitete als Friseurin.

Konstantin dagegen, begann seine
Lehre als Automechaniker in der
Stadt, wo auch seine Freundin ar-
beitete. Und obwohl der Salon in
dem Susanna tätig war, auf der
anderen Stadtseite lag, lies es sich
Konstantin nicht nehmen, seine
Haarpracht nur von ihr zu schnei-

48

den zu lassen. Beide turtelten dann miteinander, umeinander herum, und das sah die Chefin des Salons überhaupt nicht gern. „Frau Master war eine schrullige, vertrocknete Jungfer." das meinten Susanna und ihre Kolleginnen jedenfalls. Am Abend nach der Arbeit sahen sich Susanna und Konstantin immer. Sie gingen ins Kino, oder tanzen. Manchmal hingen sie auch mit Freunden ab. Aber Konstantin war es am liebsten, er war mit seiner Susanna allein.

Die Eltern von Konstantin wussten, dass er eine Freundin hatte, doch sie wussten nicht, dass sie älter war als ihr Sohn. Und er vermied es auch, seine Freundin mit nach Hause zu bringen. Er kannte seine Mutter. „Junge, die ist doch schon erwachsen. Die ist doch viel älter. Suche dir doch eine in deinem Alter. Und so weiter." Das wollte er sich nicht antun.

Susanna wohnte allein und so verbrachten beide manche Stunde in Susannas Wohnung. So blieb es auch nicht aus, dass sich beide immer näher kamen.

Und nach Wochen dann, hatte Susanna Klarheit! Sie erwartete ein Kind. Ihre Gefühle fuhren Achterbahn. Zuerst war sie etwas überfordert Mutter zu werden und dachte kurz daran es nicht zu bekommen. Mit ihrem kleinen Gehalt, da war nicht viel los. Es wäre gut, wenn sie noch einen Zweitverdiener hätte, aber Konstantin war noch in der Ausbildung.

„Es brauchte Liebe und nicht viel Geld." sagte Annabell, als Susanna sich ihr anvertraute. „Aber ein Kind kostet. Die Erstausstattung, und ein Baby wächst doch auch schnell, es braucht ständig neue Sachen. Und mit dem Wachsen kommen dann auch immer mehr Ansprüche." Annabell ging einige Schritte zurück. „Hallo! Hallo! Jemand zu Hause. Höre bitte auf! Bitte Susanna. Sieh mich an! Schau mich an Susanna. Und jetzt atmen wir beide tief ein und dann aus. Gut so. Setzen wir uns." Annabell war ruhig, es blieb ihr auch nichts weiter übrig, denn Susanna war außer sich vor Sorge, was da alles auf sie zukommen würde.

„Ich habe einfach nur Angst, Annabell. Was, wenn ich mir ein Kind gar nicht leisten kann? Wenn es aber einmal da ist, ist es zu spät zu sagen, tut mir leid, für dich habe ich kein Geld."

Annabell kann Susannas Ängste nachvollziehen. Hätte sie einen Mann an ihrer Seite der schon verdienen würde und er würde zum Kind stehen, wäre vieles leichter. So aber, wird nun einmal Konstantin der Vater ihres Kindes sein und er ist noch in der Lehre.

„Ich verstehe deine Angst Susanna. Und glaube mir, ich werde für dich und dein Kind da sein, wenn auch nicht finanziell, aber ansonsten könnte ich dich unterstützen, da wärst du nicht allein und rede mit Konstantin. Auch wenn er erst siebzehn ist und kein volles Gehalt hat, so wird er aber Vater.

Und wer sagt denn, dass seine Eltern sich nicht freuen würden, ein kleines Eckelchen zu bekommen? Wer weiß, vielleicht würden sie euch unterstützen, bis Konstantin selber genug verdient, nach seiner Ausbildung. Du wirst es nicht erfahren Susanna, wenn du nicht mit ihm sprichst."

Susanna war etwas ruhiger geworden. Die Nähe Annabells tat ihr gut. Sie fühlte sich verstanden und es fühlte sich auf einmal alles nicht mehr so schlimm an.

So also sprach Susanna mit Konstantin, der sich total überfordert fühlte von dieser Nachricht und Susanna hatte einfach stehen lassen.

„Ein Kind! Ich will kein Kind! Ich bin siebzehn! Was will ich mit einem Kind? Meine Mutter erzählt mir was! Du bist doch selber noch eines!Ich höre sie schon! Und sie Susanna? Wussten sie nicht, dass sie mit einem siebzehnjährigen sich umgaben? Und warum haben sie nicht verhütet? Oh Gott! Ich höre es schon! Sie böse Schlange! Sie sind Schuld! Sie haben es darauf angelegt. Mein armer kleiner Junge! Warum hatte ich nicht besser auf dich aufgepasst? Konstantin, wusste sie etwa von unseren Konten? Meine Mutter macht sie eine Nummer kleiner, ach was sage ich, zwei, drei! Aber, das will ich doch auch nicht.

Susanna ja, aber mit Kind, nein."

Konstantin seine Gedanken flogen ihm um die Ohren und seine Gefühle hatte er nicht wirklich im Griff. Es dauerte fast zwei Wochen, erst dann hatte er sich wieder bei Susanna blicken lassen. Er vertraute sich ihr an mit seinen Bedenken. Susanna verstand ihn, auch sie war anfänglich sehr überfordert, wäre da nicht Annabell gewesen. Doch sie würde das Kind bekommen, mit oder ohne Konstantin.

Es dauerte noch eine Zeit bis Konstantin bereit war, sich seiner Verantwortung zu stellen, dazu gehörte auch, sich seinen Eltern anzuvertrauen. Es schien schwierig, aber nicht aussichtslos und so fasste Konstantin Mut und sprach mit seinen Eltern über seine bevorstehende Vaterschaft. Diese nahmen die eigentlich frohe Botschaft gut auf, anders als von Konstantin er-

wartet. Doch sie mochten auch Susanna nun kennen lernen.

Konstantin hatte Susanna schon
vorbereitet, auf das, was sie erwarten
könnte und dementsprechend aufgeregt war Susanna.

Doch die schlimmsten Erwartungen
wurden glücklicher weise nicht er-
füllt. Natürlich waren Konstantins
Eltern nicht überglücklich, denn
ihr Sohn war noch nicht volljährig
und müsste schon sehr viel Verantwortung tragen, doch sie wussten
auch um das Glück eines Kindes.
Auch sie könnten selbst noch einmal die Welt neu kennen lernen
durch die Augen ihres Enkelkindes
und ein Tag, wenn er auch einmal
dunkler war, wieder lichtvoll wurde,

nur allein, durch das Lachen eines Kindes. Und so sprachen auch Konstantins Eltern von Hilfe, auch von finanzieller Unterstützung.

Susanna fiel eine schwere Last von ihrer Schultern und ihre Seele fühlte sich wie befreit.

Die Zeit verging und die Geburt rückte näher. Als dieser Tag gekommen war, erblickte Martha das Licht der Welt. Eltern und Großeltern sahen ihre kleine Martha liebevoll an und meinten alle, ein erstes Lächeln bemerkt zu haben.

Willkommen in Liebe, kleine Martha.

Der neue Weg

Nur scheinbar verloren in der Mitte ihres Lebens. Petra war eine so taffe Frau, doch mit Mitte vierzig war das wie weggefegt. Wie ein Blatt im Wind, so fühlte sie sich manchmal. Als Anwältin hatte sie gut zu tun in einer Kanzlei, in der sie bereits schon nach ihrem Jurastudium angefangen hatte. Hätte sie schon eher einmal alles hinwerfen sollen? Nein ! Das fühlte sie nicht. Was musste sie sich für Andere vor Gericht streiten? Es war einmal ihr Traumberuf! Wo war nur dieses Gefühl in ihr hin? Das Gefühl das ihr sagte, gehe nach vorn, das wird schon und es wurde ja auch immer wieder.

Das Gefühl war auf einmal wie weg.
Einfach nicht mehr da. Gestern war
ihr letzter Tag in der Kanzlei. Er-
staunlich ruhig war sie. Hatte sie es
überhaupt schon sacken lassen? Alles aufgegeben, was ihr so wichtig
war?

Holger war noch da. Er war ihr
wichtig. Und sie? War sie ihm auch
wichtig? Sie hatte so ein Umkehrge-
fühl in sich. Ein Gefühl, das alles
anders werden müsste. Sie wusste
nicht, wie sie zu diesem Gefühl
kam, aber sie fühlte langsam, das
es Tun einforderte. Den ersten
Schritt hatte sie nun bereits getan.
Sie hatte ihre Stelle aufgegeben.
Doch was sie dann tun sollte, das
wusste sie noch nicht. Finanziell
war sie erst einmal auf der sicheren
Seite, sie hatte gute Rücklagen.
Aber auch diese würden sicher ir-

gendwann aufgebraucht, würde sie nicht, noch bevor ihr Geld sehr schrumpfen würde, etwas finden. Doch sie hatte nichts anderes vorzuweisen als ihr Jurastudium und die vielen Jahre als Anwältin. So verbrachte sie viel Zeit im Internet, aber schon nach kurzer Zeit erkannte sie, dass es nicht ihr Weg war. So entschloss sie sich, ein paar Tage weg zu fahren.

Holger gefiel das nicht so sehr, doch er lies sie ziehen und wartete geduldig auf ihre Rückkehr. Petra wusste nicht wirklich, wohin sie ihr Weg führen sollte und eigentlich brauchte sie ein wenig Ablenkung, aber dann auch wieder nicht. So entdeckte sie ein Angebot in einem Kloster, das sie spannend fand.

Obwohl sie nichts mit Kirche und all dem am Hut hatte, fand sie doch auch in ihrem Gefühl einen Zugang, dort ein paar Tage zu entspannen. „Und wenn schon, denn schon." meinte Petra und stand mit den Nonnen sehr früh morgens auf und ging mit zum Morgengebet, mit dem sie anfänglich noch nicht so viel verband. Was an den ersten Tagen noch scheinbar unmöglich war, wurde jedoch mit der Zeit zu einem liebgewonnen Ritual für sie. Aus einem ihr nicht bekannten Grund, schöpfte sie Kraft aus dem Gebet und ein gutes Gefühl für den anstehenden Tag. Auch zum Mittag, Nachmittags,- und zum Abendgebet fand sich Petra mit den Nonnen in der Klosterkirche ein.

Und in der freien Zeit dazwischen, saß sie oft im Klostergarten, bis sie Carla besser kennen lernte.

Schwester Carla war eine der Nonnen die im Kloster lebte. Sie war viel junger als Petra, aber sie hatte so viel Wissen, das jedenfalls kam Petra so vor. Wie Carla erzählte, vom Leben im Kloster und vom Wirken, das sie ihre Erfüllung im Dienen fand, berührte sie. „Nun, ich hatte ja auch gedient, ähnlich wie sie. Nur das ich eben nicht im Kloster lebe. Aber ein Teil in mir, wollte das wohl nicht mehr. Nun muss ich einen Weg finden, der mir auch wieder Erfüllung schenken kann, bei meinem Tun." Petra sprach leise und schaute dabei in den blühenden Klostergarten.

„Nun." sprach Schwester Carla.
„Wir dienen hier nicht nur den
Menschen, auch Gott. Das allein ist
der Unterschied zwischen uns bei-
den." Petra lächelte ein wenig. „Ja,
stimmt. Ich hatte auch für Menschen gekämpft, für Gerechtigkeit,
doch dabei hatte ich nie an Gott ge-
glaubt. Meinen sie, es ist die Strafe
für mich, weil ich so ungläubig
war? Oder weil ich vielleicht einen
Paragraphen so ausgelegt hatte, das
meine Partei gewinnen konnte?
Aber dann hätten sie doch auch
wieder anders formuliert sein müssen, damit es keinen Spielraum
gibt." Petra sah Carla an und diese
fühlte Petras Angst und Zweifel,
die sich nun nach den ersten Tagen,
die Petra bereits hier verbracht hatte,
einstellten. Carla nahm behutsam
Petras Hand und hielt sie fest und

während sie sie anschaute sagte sie ihr „Es ist gut das sie ihr altes Leben aufarbeiten. Es ist normal, dass sich Zweifel und Ängste mitunter einstellen. Doch machen sie weiter. Sie sind auf einem guten Weg. Fragen sie sich solche Dinge. Sie allein werden auch ihre Antworten finden. Und Gott straft nicht. Gott zeigt uns einen Weg, den wir mit ihm, oder ohne ihn gehen können. Selbst wenn sie nicht in unser Kloster gekommen wären, hieße das für mich nicht, dass sie ihren Weg ohne Gott gehen würden. Aber sie sind hier und sie stellen die richtigen Fragen. Glauben sie denn Petra, sie hatten in der Vergangenheit, was ihren Beruf angeht, einen Fehler gemacht?" „Nein, das glaube ich nicht. Ich hatte mich immer im legalen Terrain bewegt. Aber ich hatte

jetzt so ein Gefühl, in mir, als ob
jemand anderes von irgendwo her,
mir das vielleicht vorwerfen würde.
Ich weiß nicht genau, wie ich es besser erklären könnte."
Carla tätschelte Petras Hand. "Es
sind unsere eigenen Gefühle.
Manchmal machen sie uns zu
schaffen. Darf ich ihnen einen Rat
geben Petra?" Petra sah Carla eindringlich an und antwortete ihr
"Natürlich sehr gern sogar."

"Petra es ist immer wichtig zu wissen, wo her man kam. Und es ist
auch wichtig zu wissen, warum
man manches so, oder so gemacht
hatte. Aber wenn sie keine Antwort
finden auf ihr Vorgehen von einst,
dann lassen sie es gut sein und be-
schäftigen sich mit ihrem neuen
Weg. Und irgendwann, wird sie ein
Zeichen ereilen. Dann, wenn die

Zeit dafür richtig ist. Sie werden durch ihr Tun, oder durch eine andere Person, der sie vielleicht noch begegnen werden, der es ähnlich erging, oder auf andere Art und Weise das erfahren, was sie jetzt noch nicht erkennen können.

Manches braucht Zeit Petra. Doch dann wird es ihnen wie Schuppen von den Augen fallen und sie wissen, das war meine Antwort auf meine Frage. Gott kennt viele Wege. Vertrauen sie."

Petra sah Carla eindringlich an „Danke Schwester Carla. Mir ist es jetzt ganz warm um mein Herz. Ihre Worte, ich glaube sie machen gerade etwas mit mir. Darf ich sie umarmen Schwester Carla?" „Ja natürlich, sie dürfen."

66

Beide Frauen hielten sich fest in ihren Armen. Petra taten Schwester Carlas Worte so gut. Sie fühlte sich wie befreit von einer Last.

Petra blieb noch einige Tage und fuhr nach drei Wochen Aufenthalt nach Hause zurück.

Mit Schwester Carla aber stand Petra noch länger im regen Briefwechsel und es tat ihr gut. Petra hatte ihren Weg gefunden. Nach ihrer Auszeit machte sie sich für Waisenkinder stark. Für deren Wünsche, Belange und Rechte und Holger war wie immer an ihrer Seite.

Dein Lachen

„Niemand kann so schön lachen wie du." „Doch, wir gemeinsam, wir können schön lachen." antwortete dann Karin immer ihrem Thomas.

Diese Sätze hatten Thomas und Karin sehr oft gesprochen. Nun stand er allein vor dem Kamin und auf dem Kaminsims die Fotos, waren seine Erinnerung, an eine wunderschöne Zeit " Mein Gott, vier Jahre ist es nun her, seit dem du nicht mehr bei mir bist und niemand kann so schön lachen wie du es einst konntest."

Dabei sah er traurig auf das Foto, dass seine verstorbenen Frau Karin zeigte und schaute in ihr einst so liebevolles Gesicht. So lang lebte er nun schon allein, und doch, er vermisste sie noch jeden Tag, doch am schlimmsten, fühlten sich die Nächte für ihn an. Wenn er allein in diesem großen Bett lag und nicht einschlafen konnte, weil ihn so eine große Sehnsucht plagte.

Kurz nach Karins Tod, fühlte er sie noch manchmal beim Einschlafen. Es war so, als ob sie neben ihm liegen würde. Es war ein schönes Gefühl, doch wenn er sich dann bewusst wurde, dass sie nie wieder kommen würde, fiel er in ein großes Loch, und nichts und niemand schien dieses Loch mit Liebe füllen zu können. Wenn er ganz stark in seinen Erinnerungen vertieft war, dann fühlte er die Erinnerung an Karin sehr stark, aber dies kam nur noch sehr selten vor. Er fühlte dann

eine unwahrscheinliche Angst sich
in diese wunderschönen Erinnerungen fallen zu lassen, die ja
wirklich nichts weiter waren, als
Erinnerungen und, wie lange
bräuchte er dann wieder, um auf
festen Boden stehen zu können, im
übertragenen Sinne gesprochen.

Doch es kam der Tag an dem war
irgendetwas anders. Würde man
ihn fragen, könnte er bestimmt
nicht sagen, was anders war, aber
da war so ein Gefühl in ihm, das
etwas kommen würde, was ihm helfen könnte.

Thomas drehte nun dem Kamin
den Rücken und machte sich daran
seinen Frühstückstisch zu decken.
Freilich, viel gehörte nicht dazu, allein machte das Frühstücken ja
auch nicht wirklich Spaß, doch

schon seit Jahrzehnten war das
Frühstück, seine liebste Mahlzeit.
Ein frischer Kaffee, ein Toastbrot
mit Marmelade oder Käse, und die
Tageszeitung, sie war auch ganz
wichtig. Plötzlich aber überkam ihn
so ein Gefühl, das Toastbrot, ist
nicht mehr so das seine.

So nahm er seinen Schlüsselbund,
sein Portemonnaie und ging
schnellen Schrittes in die Garage,
um in seinen Wagen zu springen.
Das sah alles ganz flott aus. Die
Bäckerei war vielleicht nur etwa eine
viertel Stunde Fußweg entfernt von
seinem Haus, aber er nahm trotzdem das Auto. Es war bequemer
und außerdem, wollte er so schnell
wie möglich frühstücken.

Er hatte Glück, keine weitere Kund-
schaft im Laden. „Na hoffentlich
gibt es auch noch was." ging es
Thomas durch den Kopf und drückte in diesem Moment die Türklinke
nach unten. "Guten Morgen." be-
grüßte ihn die Bäckereiverkäuferin
freundlich und er murmelte so was
wie „Hm, morgen." Thomas kaufte
drei belegte Brötchen und wollte den
Laden gerade verlassen, da fragte
ihn die freundliche Bedienung
„Mögen sie vielleicht einen frischen
Kaffee dazu?" „Ah phhhh, jaa, ja
gern." sprach Thomas etwas zöger-
lich und ging an die Theke zurück.
„Sehen sie, da hinten ist der Tisch,
ich bringe ihnen gleich den Kaffee
dahin, nehmen sie doch schon Platz
bitte, es dauert nicht lang." sprach
die Frau und ging einen frischen
Kaffee machen.

Und es dauerte wirklich nicht lang und Thomas hatte zu seinen Brötchen einen Kaffee. „Ich habe sie noch nie bei uns im Laden gesehen." hörte Thomas die Verkäuferin zu ihm sagen. „Ja, also nein, ich meine, ich frühstücke sonst immer zu Hause, aber heute, ich weiß nicht, fühlte ich etwas anders und wollte nicht mehr das olle Toastbrot zu mir nehmen." Die Bäckereiverkäuferin lächelte und als Thomas in ihr lächelndes Gesicht schaute, da sah er etwas, was er schon lange nicht mehr gesehen hatte. Doch wusste er nicht, was gerade mit ihm geschah.

Was fühlte er da?

Thomas wollte nun einen Schluck Kaffee trinken, als er bemerkte, dass gar kein Zucker auf dem Tisch stand. Er fragte freundlich nach und die Verkäuferin entschuldigte sich und sagte: „Oh natürlich haben wir Zucker, ich hole ihn schnell." und lächelte wieder dabei. Gerade als sie an den Tisch zurück kam, merkte Thomas mit einem lächelnden Gesicht an "Wenn sie auch noch etwas Sahne für meinen Kaffee hätten, dann wäre er perfekt."

Etwas peinlich berührt ging die junge Frau noch einmal an die Theke und holte die Kaffeesahne für Thomas. Wie ihr das nur passieren konnte, dachte sie so und plötzlich fing sie an zu lachen. „Bitte entschuldigen sie, es ist ja nicht so, dass ich unseren Kunden noch nie Kaffee angeboten hätte, aber ich weiß nicht, was das heute ist." und immer noch lachte sie, "Bitte, bitte entschuldigen sie."

Plötzlich hörte sich Thomas selber sagen „ Ich habe lange nicht mehr jemanden so schön lachen sehen, wie sie es gerade tun." und lachte mit, denn er konnte gar nicht anders. Ihr Lachen war so ansteckend und ihre Zerstreutheit empfand er einfach nur als sympathisch.

Die Verkäuferin, legte ihren Kopf etwas zur Seite, ihre Augen lächelten und mit einer warmen Stimme sagte sie „Doch, sie, sie lachen doch auch so schön, wir beide lachen so schön "

Thomas nahm lächelnd sein Frühstück ein und schon sehr lange, hatte es ihm nicht mehr so gut gemundet wie an diesem Tag. In ihm stieg

ein Gefühl auf, es war nicht das
letzte Mal das er hier her kam.

Ein Mann für die Liebe

Und es war eine Reise in eine Welt voller Licht.

Vieles war nicht so, wie sie es sich einst erträumt hatte, aber sie hatte keine Tränen mehr. So blieb ihr gar nichts anderes übrig, als sich, sich selbst zu widmen und gelang auf diesem Weg in ihre Welt, welche so einzigartig war.

Vieles war schon in ihrem Leben gegangen, vielem hatte sie in ihrem Leben bereits den Rücken zugewandt. Es war Zeit Nägel mit Köpfen zu machen. Den Frosch in das Wasser zu lassen, um zu sehen, ob sich noch einer dazugesellen würde. Ja, sie war nicht allein, doch an manchen Tagen, in vielen Stunden, fühlte sie sich einsam und wusste manchmal nicht, wie ihr geschah.

Alles im Leben sollte einen Sinn haben. So dachte sie immer. Ihr inneres Kind war erwacht. Endlich! Es war ungeduldig, herzlich und liebte, geliebt zu werden. Ehrlich geliebt zu werden. Es war ein Sturmkind, das alles mit sich riss, wenn es in Fahrt kam. Ihrem Lachen konnte man nicht widerstehen und ihre Art sich auszudrücken brachte einen zum Nachdenken. Sie hatte es viele Jahre schwer, denn viele Menschen die ihr bereits begegnet waren, wollten nicht über ihr Leben nachdenken und waren nicht ehrlich. Nicht ehrlich zu sich selbst und so auch nicht ehrlich zu anderen Menschen.

Sie liebte engelsgleich, war gerecht und wünschte sich einen Menschen an ihre Seite, der sie so nehmen konnte wie sie war. Sie liebte ihre eigene Art und trotzdem wurde sie im Gegensatz zu vielen anderen nicht müde, sich selbst immer wieder zu hinterfragen. Und lag sie doch einmal falsch, war es für sie kein Problem das zuzugeben und daraus zu lernen. Ja, sie riss viele Wunden auf. Doch sie tat es nicht um andere zu ärgern, sondern es war ihr göttlicher Auftrag. Sie liebte die Wahrheit und konnte auch mit der Zeit nur noch mit Menschen arbeiten, die ehrlich waren.

Sie war eine Frau, die Kind geblieben war und nun wollte genau dieses Kind hinaus in die Welt. Alles was sie als Kind nicht haben durfte, was ihr verwehrt blieb, wartete nun.

Die Liebe!

In ihren Träumen sah sie sich nicht
allein. Nichts war ihr fremd, vieles
war für sie erlaubt. Nur Treue zu
sich selbst und im Umgang mit
einem Menschen, den sie lieben und
der sie lieben würde, war in Stein
gemeißelt für sie.

Wild und unkonventionell wollte
sie sein. Dem kam sie ein Schritt
näher auf ihrem Weg, als sie ihn
traf. Ein Mann mit sehr langem
Haar. Dieses trug er oft als Zopf
gebunden, dabei sah sie ihn so gern,
wenn er es offen trug. Seine blonde
Mähne, gelockt, lockte ihr Kind in
sein Leben. Und genau dieses Kind
konnte niemand mehr bremsen. Es
nahm Fahrt auf und schlitterte in
ein neues Leben, das es schon so
lange ersehnt hatte.

Obwohl sie ganz anders war, als er, hatte der Mann einen Narren an ihr gefressen. Es war keine Liebe auf den ersten Blick, nicht bei ihm. Doch sein Herz öffnete sich immer mehr und seine Gedanken waren am Tag so oft bei ihr, und dann sah man ihn lächeln. „Was hat sie nur, was mich immer zu an sie denken lässt?" Seine Gefühle begannen zu wachsen, und sie waren dann so groß und übermächtig, dass selbst er sie nicht mehr verstecken konnte. Er war verliebt. Verliebt in eine Frau, die ihr inneres Kind lebte, offen und ehrlich. Frech und verletzlich. So eine Frau war ihm noch nie begegnet und noch nie hatte ihn sein Gefühl so gepackt für das andere Geschlecht.

„Oh mein Gott, was soll nur werden?!" dieser Satz spukte in seinem Kopf herum, als er sich seinen Gefühlen bewusst war. War sie doch, so ganz anders als er. Überhaupt, er konnte sie gar nicht richtig einschätzen. Bei anderen Frauen ahnte er sofort, wie sie sein konnten, was für Vorlieben sie im Leben hatten und was ihnen gefiel. Doch bei ihr war es schwieriger. Nichts ahnte er. Sie raubte ihm den letzten Nerv, doch sie war entzückend dabei. Das war es vielleicht, warum er sich keinen Reim darauf machen konnte, weswegen er gerade an ihr festhielt.

„Magst du mit mir mitfahren?" Erwin fragte das Michaela weil er nicht allein fahren mochte. „Du willst doch bloß nicht allein fahren." antwortete sie lächelnd. „Hm, woher weiß sie das nun schon wie-

der? Habe es doch gar nicht erwähnt.
Würde mich aber freuen wenn du
mit kämst." Michaela ging Erwin
ein Schritt entgegen „Nur wenn du
zugibst, das es womöglich länger
dauern könnte und du mich unheimlich vermissen würdest." dabei
war Michaela, Erwin ganz nah,
umarmte ihn und schmuste mit
ihrer Nase an seiner zärtlich lang.
Erwin lachte. „Du machst mich ver-
rückt." „Warum?" fragte Michaela
wie ein kleines Mädchen nach.
„Weil du wie ein Kind, ständig alles auf den Punkt bringen musst."
„Du meinst weil ich sage, was ich
denke. Tu ich nur wegen dir. Damit
du weißt, das du mich vermissen
würdest." Erwin lachte, „Lieber Gott,
zu wem hast du mich da nur ge-
führt?" Michaela beobachtete Erwin.
Sah in seine Augen und meinte

„Zu der Frau, die du über alles liebst, und jetzt steig endlich ein und fahr los." Kopfschüttelnd, als ob er damit sagen wollte, woher weiß sie das nun schon wieder, aber auch lächelnd ging Erwin zum Auto und schenkte der Frau, die er über alles liebte, wie er noch nie eine Frau in seinem Leben geliebt hatte, einen Kuss. Dabei hielt er sie ganz fest.

Michaela blieb lächelnd zurück. Am Abend würde Erwin wieder bei ihr sein. Sie holte Farben und Pinsel heraus und malte auf weißen Keilrahmen. Manchmal tobte sie sich so aus. Ein anderes Mal machte sie auch die Musik ganz laut und tanzte allein durch die Wohnung, oder mit Erwin gemeinsam. Obwohl er nicht gern tanzte, aber mit Michaela war das anders. Für sie bewegte er sich durch die Räume.

Selbst er fühlte sich dann wie in
einer anderen Welt. Er fühlte tief in
sich diese starke Liebe für Michaela
und mochte sich das nie wieder
nehmen lassen. Vieles würde er dafür tun, dass wusste er.

Wie im Zauber malte Michaela,
denn mit ihren Gedanken war sie
bei Erwin. Und als sie ein Bild gemalt hatte, sah sie etwas, das sie
auch fühlte. Und so entstand ein
zweites Bild mit roten Herzen. Viele
rote Herzchen, hatte sie gemalt.

Birgit, hatte Michaela schon lange
nicht mehr besucht und so war es
einmal wieder Zeit. Als sie das Bild
mit den roten Herzen sah, lachte sie.
Michaela fühlte, es war kein glückliches Lachen. Etwas hämisch kam
es ihr vor.

„Wieso lachst du, wenn du meine Herzchen siehst? Sind sie nicht schön geworden?" fragte Michaela, um sich selbst von einem unschönen Gefühl zu befreien. „Ich weiß nicht, du malst wie ein dreijähriges Kind. Vielleicht auch älter, aber irgendwie, ja ich weiß nicht."

Michaela sah auf ihr Bild und sprach leise „Dir muss es nicht gefallen, aber es ist das, was ich fühle. Liebe." „Für deinen Macker?" Michaela fühlte diese Begegnung mit Birgit tat ihr nicht gut. Ihr gefiel diese abfällige Bemerkung über Erwin nicht. „Du meinst Erwin? Er ist der Mann den ich liebe."

„Na ja, aber nur Herzen zu malen? Du bist eine erwachsene Frau. Das kann man doch anders ausdrücken?" erwiderte Birgit. „Liebe, anders ausdrücken? Ich finde ein Herz und das in Rot beschreibt die Liebe ganz gut." "Und hat er immer noch so lange Haare?" fragte Birgit nach. "Hat er. Warum fragst du?"

Anstatt auf Michaelas Frage zu antworten sprach Birgit aber weiter. "Mir wäre das ja nichts. Ein Mann mit so langem Haar." Michaela kämpfte langsam mit ihren Gefühlen. "Birgit, für dich muss es ja nichts sein. Bei allen Männern finde ich langes Haar auch nicht schön, aber ich finde Erwin steht seine Haarpracht gut. Ihm muss es gefallen und wenn man liebt, gefällt einem doch auch vieles. Eigentlich müsstest du das doch auch wissen." Der letzte Satz saß. Birgit war in ihre Schranken gewiesen und stellte keine Fragen mehr, die

Michaela verletzen konnten. Doch
sie blieb auch nicht mehr. Sie ging.

Michaela fühlte sich nicht gut. Sie
hatte gespürt, dass Birgit ihr nicht
ihre Liebe gönnte, dabei war sie
schon verheiratet. Auf ihren Antrag
wartete Michaela noch. Müsste sie
dann nicht auf Birgit neidisch
sein? Nein. Sie liebte ihren Erwin.
Und sie freute sich immer mit anderen, wenn sie in den Hafen der
Ehe fuhren, weil sie sich das für
sich auch schön vorstellen konnte.

Sie machte Musik an und malte
etwas weiter. Doch das nächste Bild,
war dunkel und sie wusste sie wird
es irgendwann wieder übermalen.

Von solchen Menschen solltest du
dich fernhalten, das meinte auch

Erwin, als Michaela ihr Herz ihm ausschüttete. Denn er liebte seine Michaela und sie liebte ihn und das sollte für immer so bleiben, fühlte doch Erwin, dass er durch Michaela auch er sein inneres Kind wieder entdeckt hatte.

Und Erwin hat auch schon eine Überraschung für seine Michaela. Am Wochenende würde er sie fragen. Doch Michaela ahnte noch nicht einmal etwas. Wie glücklich wird sie wohl sein, wenn Erwin sie bittet seine Frau zu werden.

Erwin war unheimlich aufgeregt. Und dann kam der Tag der Tage und er stellte seiner Michaela die eine Frage die man stellt, wenn man mit einem Menschen für immer zusammen sein möchte.

Michaela ihre Augen glänzten und es rannen einige Träne über ihr Gesicht. Vor Glück weinte sie und wusste nun, jetzt darf auch sie in den Hafen der Ehe einfahren und war überglücklich das Erwin sie fragte und natürlich bekam er ein ja.

Der Irrgarten

Ernest war ein schlauer Junge. Er war ruhig, aber doch sehr wissbegierig. Oft saß er allein in seinem Zimmer und las ein Buch nach dem anderen. Alles was ihn interessierte, nahm er in sich auf.

Im Ort war eine neue Attraktion geboren. Ein Irrgarten. In der Schule auf dem Schulhof sprachen die Schüler schon darüber und einige waren auch schon da. Sie sprachen davon, dass es fast unmöglich war, sofort den richtigen Weg zu finden.

Ernest stand unweit dieser Schüler die sich unterhielten, und glaubte, dass er es auf Anhieb schaffen könnte.

So ging er nach Schulschluss geradewegs dorthin. Er bekam eine Karte in die Hand und wenn er die Nase voll haben sollte, könnte er sich an ihr orientieren und den richtigen Weg hinaus finden. Die Karte steckte er in seine Schultasche und machte sich auf den Weg. Manchmal waren auch kleine Attraktionen im Garten zu finden. Wie zum Beispiel eine Dunkelkammer. Das war ein Brettverschlag mit schwarzen Vorhängen. Ernest wagte es und wollte wissen, was sich darin verbirgt. Er ging also hinein und nahm einen zweiten schwarzen Vorhang zur Seite diesen konnte er noch erkennen, weil er sofort nach dem ersten folgte. Doch dann wurde es schwierig. Ernest konnte noch ein knie hohes Brett erkennen, aber dann konnte er nichts mehr sehen.

Nun musste er den Vorhang fallen lassen und während er kniete suchte seine Hand nach etwas, was er nicht wusste, was es sein würde. Er tätschelte sich durch die Luft, doch auf einmal war Ernest erschrocken. Er hatte Fell berührt. Es war ein Kaninchen. Er lachte und ging aus der Dunkelkammer wieder in das Tageslicht und suchte weiter den Ausweg aus dem Irrgarten. Es machte ihm Freude und bis dahin musste er auch nicht umkehren, auf Anhieb hatte er immer den richtigen Weg erfühlt.

Nach einer Weile kam er zu einer Klangschale die mit Wasser gefüllt war. Mit seinen Händen tauchte er in diese und rieb seine nassen Hände an deren Henkeln. Diese begannen ein Summgeräusch zu entwickeln. Jemand unmusikalisches wie

Ernest würde vielleicht sogar behaupten, es klang wie Musik. Und wieder fand Ernest den Weg hinaus, wie von allein und das sollte sich auch nicht ändern. Am Schluss des Irrgartens war eine Brücke, auf diese ging Ernest und sah den ganzen Garten von oben. Wie er sich durchschlängeln musste bis hin zum Ausgang. Er war allein unterwegs, und doch hatte er an diesem Nachmittag Freude.

Am nächsten Tag in der Hofpause stand Ernest bei den anderen. Nicht nur sie, auch er konnte nun mitreden, über den Irrgarten im Ort.

Von Marion Jana Goeritz ebenfalls
beim Verlag BoD erschienen (BoD
Books on Demand, Norderstedt, nähere
Informationen finden Sie unter
www.BoD.de)

„Liebe für die Seele Band 1"
ISBN 978-3-7357-4045-8

„Liebe für die Seele Band 2"
ISBN 978-3-7357-7734-8

„Seelenweiß"
ISBN 978-3-7347-5769-3

„Seelen essen Liebe gern"
ISBN 978-3-7347-8706-5

„SeelenEngel" ein spiritueller Erfah-
rungsbericht
ISBN 978-3-7386-2588-2

„SeelenSchlüssel“
ISBH 978-3-7386-3844-8

„Seelenfarben“
ISBN 978-3-7386-3947-6

„Seelenschimmer“
ISBN 978-3-7386-4014-4

„Seelenfinden“
ISBN 978-3-7386-4037-3

„Ein Gefühl meiner Seele“
ISBN 978-3-7386-1506-7

„Seelenfrieden“ Danken, Bitten, Ent-
spannung ein persönlicher Erfahrungsbe-
richt
ISBN: 978-3-7386-4884-3

„Seelenweihnacht"
ISBN: 978-3-7386-5616-9

„Im Land unter dem Regenbogen" Wunderbare Märchen und unglaubliche Geschichten
ISBN: 978-3-7392-0115-3

„Freddy und seine Geschichten"
ISBN: 978-3-7386-3321-4

„SeelenWorte"
ISBN: 978-3-7392-0455-0

„Herzanker"
ISBN: 978-3-7392-3482-3

„Im Fluss der Liebe"
ISBN: 978-3-7392-3489-2

„Seelenklänge"
ISBN: 978-3-7392-3532-5

„Liebeslied"
ISBN: 978-3-7392-3548-6

„Wahre Traumtänzerin"
ISBN: 978-3-7392-3556-1

„Emilia Sommerfeld"

ISBN: 978-3-7392-3787-9

„Für mich war es Liebe"

ISBN: 978-3-8423-5362-6

„Kaleidoskop"

ISBN: 978-3-8423-5738-9

„Die verzauberte Wiese"

ISBN: 978-3-7412-0772-3

„Seelenbrücke"

ISBN: 978-3-7412-0890-4

„Wetterleuchten"

ISBN: 978-3-7412-2740-0

„Zentrifuge"

ISBN: 978-3-7412-4011-9

„Für Dich"

ISBN: 978-3-7412-4018-8

„Hannos Geschichten"

ISBN: 978-3-7412-9373-3

„Das Eulenherz"

ISBN: 978-3-7431-0009-1

„Eine Reise irgendwo hin"

ISBH: 978-3-7421-0042-8

„Ist das wirklich wahr?"

ISBN: 978-3-7431-1549-1

„Stille Momente"

ISBN: 978-3-7431-1586-6

"Engelszwirn"

ISBN: 978-3-7431-1594-1

Weitere Informationen zu Neuerschei-
nungen finden Sie immer auf meiner
Seite

www.buchkaleidoskop.Reikipraxis-Goeritz.de